CYRO DE MATTOS

Ilustrações de

ALBERTO DE STEFANO

O Goleiro Leleta

e outras fascinantes histórias de futebol

Prêmio Hors-Concours Adolfo Aizen,
da União Brasileira de Escritores (RJ), 2002

Coleção Jabuti Vida

1ª edição

Conforme a nova ortografia

Editora Saraiva

Editor: ROGÉRIO CARLOS GASTALDO DE OLIVEIRA
Assistente editorial: KANDY SGARBI SARAIVA
Secretária editorial: ANDRÉIA PEREIRA
Suplemento de trabalho: MARIA REGINA BELLUCCI
Coordenação de revisão: LIVIA M. GIORGIO
Gerência de arte: NAIR DE MEDEIROS BARBOSA
Layout de capa: ANTONIO ROBERTO BRESSAN
Projeto gráfico e diagramação: EDSEL M. GUIMARÃES
Ilustrações: ALBERTO DE STEFANO

Dados Internacionais de Catalogação na Publicação (CIP)
(Câmara Brasileira do Livro, SP, Brasil)

Mattos, Cyro de
O goleiro Leleta e outras fascinantes histórias de futebol / Cyro de Mattos ; ilustrações de Alberto de Stefano. — São Paulo : Saraiva, 2005. — (Coleção Jabuti)

ISBN 978-85-02-05085-3

1. Contos — Literatura infantojuvenil I. Stefano, Alberto de. II. Título. III. Série.

05-2847 CDD-028.5

Índices para catálogo sistemático:

1. Contos: Literatura infantil 028.5
2. Contos: Literatura infantojuvenil 028.5

Editora Saraiva

SARAIVA Educação S.A.
Avenida das Nações Unidas, 7221 – Pinheiros
CEP 05425-902 – São Paulo – SP – Tel.: (0xx11) 4003-3061
www.editorasaraiva.com.br
atendimento@aticascipione.com.br

CL: 810109
CAE: 571374

7ª tiragem, 2023.

Dedico a todos os meninos
que jogaram futebol comigo nos
campinhos improvisados dos terrenos
baldios, lá naquele país da infância.

Sumário

O Bahia contra o Brasil

Você se lembra do Badeco, um gordo e gago? No time do Bahia só jogava quem ele queria. Era o dono da bola e andava todo prosa só porque o time iria estrear um jogo novo, de calção e camisa, que o pai trouxera de Salvador da Bahia. O Bahia, de camisa e calção, estreou o jogo novo na partida disputada contra o Brasil da rua de cima. O Badeco era um droga de meia-esquerda metido a craque, mas toda hora estava caindo no campo e se embaraçando com a bola. Também, pudera, com aquela gagueira e gordura, que balançava a barriga toda, só podia dar no que dava! Um medroso que não jogava nada, um pouquinho melhor do que Vadico, é verdade, o ponta-esquerda que só estava no time porque era protegido do Badeco. Assim, com a meleca do Vadico no time era que ele pretendia conquistar o coração de Italva, uma menina magricela, de olho azul e cara rosada. Mas nunca conseguiu arranjar nada com a irmã do Vadico, nem sequer um passeio de mãos dadas no jardim da Prefeitura. Italva passava junto dele fazendo que não via, o nariz arrebitado, às vezes trocava até de calçada só para não encontrar com o Badeco. Ai de quem mangasse, ainda que de leve, daquele amor frustrado dele! Levava na mesma hora um bom murro na cara pra fazer sair do nariz o melado.

Foi uma lavagem vergonhosa que o Brasil deu no Bahia, de camisa e calção, quando da estreia do jogo novo pelo tricolor de aço. O time, que nasceu entre os meninos da rua do Quartel Velho para vencer, vencer e vencer e que tinha as cores azul, vermelha e branca, o escudo glorioso que tremulava no peito, foi massacrado pelo Brasil por cinco a zero. O resultado da partida não podia ser mais desastroso, um alívio quando o juiz trilou o apito final, senão o vexame seria ainda maior.

O Badeco nunca se conformou com a derrota sofrida pelo Bahia de forma humilhante para o Brasil da rua de cima. Reforçar o time era preciso, talvez com alguns meninos que jogavam uma bola redonda nos campos dos bairros. Haveria a desforra, custasse o que custasse, mais cedo ou mais tarde, ele prometia. Daí foi que veio para o Bahia o goleador Bibico, um garoto de quem falavam maravilhas. Centroavante franzino, mas valente, não tinha medo de zagueiro que fosse mais forte ou maior do que ele. E também Tombinha, o cérebro do time, um que parecia que tinha a bola grudada no pé; o adversário nunca a tomava dele. Isso pra não falar em Daú, um barrigudinho amarelo que não tinha pinta de jogador de futebol. Mas quando chutava a bola, era aquele pontapé forte, que fazia tremer qualquer goleiro. E, falando em goleiro, ainda veio o Vigário, que fechava o arco com defesas arrojadas no pé do atacante quando parecia que o gol seria inevitável. De vez em quando, ele tinha tontura no meio do jogo, desmaiava e deixava todo mundo apavorado, parecia até que ia morrer ali mesmo, no gol. Só voltava ao normal quando vomitava e botava um caldo esverdeado pra fora do estômago. O doutor Viterbo, pai do Badeco e que era médico, deu umas pílulas para o Vigário engolir, e um bocado de lombrigas não mais passou a lhe aborrecer na barriga.

O campinho sem grama ficava numa das margens do rio. Não se via grama, de tanto que jogavam nele, às vezes à tarde na semana e pela manhã nos sábados, domingos e feriados. Não havia traves; duas varas compridas marcavam o tamanho de cada gol. Uma das laterais acabava na linha que margeava o barranco do rio e a outra era a do meio-fio da rua mesmo. O campinho só permitia seis jogadores em cada time e mais o goleiro.

Jogar no campinho da beira do rio rendia sonhos que, conquistados através de vitórias nas peladas e principalmente em jogos aguerridos contra times de calção e camisa numerada nas costas, faziam os astros da partida serem admirados pelos meninos que moravam nas ruas próximas do centro da cidade.

Não me conformava em não ser o ponta-direita do Bahia. Eu era um ponta-direita de dribles curtos, ligeiro nas investidas, chutava com os dois pés. Encarava qualquer marcador, passava por ele com facilidade, ia pra linha de fundo e lançava a bola certinha, como se fosse jogada com a mão para a cabeçada do atacante na pequena área. Quando eu batia escanteio, de vez em quando a bola fazia uma curva rasteira e ia como um raio pra dentro do gol. Por que o Badeco não me dava uma chance de jogar no time pra que só assim eu pudesse mostrar minhas qualidades de craque? Recebia como resposta a mangação dele, o mandão da turma dele, com meninos de tamanho maior do que o meu... Alegava que eu era pequeno, ainda não dava pra envergar a gloriosa camisa do Esporte Clube Bahia. Futebol é jogo pra homem; se eu quisesse, nos treinos podia ficar na banheira quando faltasse algum jogador pra completar o time reserva. "Não se entusiasme e fique sabendo que gol seu não vale", dizia no sério, recebendo a aprovação dos outros com a gozação que faziam. Só entrava no time reserva para quebrar o galho, às vezes o jogador atrasado aparecia mal o treino tinha começado. Não havia outro jeito de continuar jogando. Saía e ia sentar à beira do campo, vendo aquele bando de jogadores que não tinham intimidade com a bola correndo como uns bobos atrás dela, mas não sabendo dar à redonda o trato merecido com os pés.

A partida revanche contra o Brasil foi marcada para o último domingo de dezembro. Os torcedores dos dois times compareceram em massa ao campinho da beira do rio. Os do Bahia encheram a rua, muitos ficaram em cima do morrinho de um terreno baldio perto de um dos gols. Atrás do outro gol, os torcedores do Brasil faziam uma zoada danada, batendo nos tambores e soprando cornetas. Produziam, com a euforia que tomava conta deles todos, uma zoada nunca ouvida lá pelos ares do campinho. A partida prometia ser disputada palmo a palmo, minuto a minuto, no piso pelado do campo que havia sido marcado com cal.

Os dois times entraram em campo com o juiz vestido de preto, e foi um deus nos acuda com tantos aplausos, gritos e vaias.

O pai tinha me dado uma bola de couro como recompensa por ter passado de ano com distinção em todas as matérias. Levei comigo a bichinha novinha em folha quando fui assistir à revanche entre os dois times dos meninos mais admirados na cidade. A partida fora comentada na semana toda. Havia até uma taça em disputa, o Troféu Titio Brandão, em homenagem ao homem que instalou um sítio para menores desabrigados lá pras bandas do bairro da Abissínia.

A partida teve lances sensacionais, e as torcidas vibravam. Passava rápida, com jogadas brilhantes que arrancavam aplausos e os "uhs". Partida boa era assim mesmo, o tempo passava ligeiro, o final de repente chegava. Estava terminando, faltavam menos de cinco minutos. O garoto de preto olhava para o relógio a cada vez que a bola saía pela lateral. Havia recebido bagaço de laranja em vários momentos do transcorrer do jogo. Quando acontecia de alguém jogar saquinho de plástico cheio d'água, a partida era interrompida e só recomeçava depois de muita lambança por parte do juiz. No meio do segundo tempo, ele afirmara, em tom categórico: "Se continuar o desrespeito, encerro o jogo e dou o Brasil como vencedor!". Naquela altura do jogo, o placar marcava dois a zero para o Brasil. A gozação que os torcedores do Brasil faziam com os do Bahia não parava. Eles não cansavam de gritar "um, dois, três, o Bahia é freguês". Os torcedores do Bahia permaneciam tristes e calados ante a derrota inevitável. Aí foi quando o zagueiro do Brasil deu um chutão na bola, que subiu como um foguete de São João e foi cair lá embaixo no rio, que amanhecera cheio. Foi levada pela correnteza e nenhum dos dois times tinha outra bola para recomeçar o jogo em seus minutos finais. Depois de quase uma hora de confabulações com os jogadores dos dois times, o juiz tinha decidido encerrar a partida. Não fosse a minha intervenção oportuna, o Bahia ia sair do jogo fatalmente derrotado. Ofereci a minha bola para que o jogo recomeçasse e não deixasse dúvidas entre os torcedores do Bahia quanto ao seu resultado. Mas com uma condição: queria vestir a camisa do Bahia pela primeira vez na ponta-direita. O Badeco achou graça da minha intenção, mas não impediu que eu jogasse daquela vez no time dele. Não ia adiantar nada mesmo, a partida já parecia liquidada com a vitória de dois a zero para as cores do Brasil.

Na primeira bola que peguei, driblei um, dois, três e, mais veloz que o vento, fiz o primeiro gol do

Bahia. Alguns torcedores nossos até sorriram com o que acabava de acontecer tão rápido, outros viram as chamas da vitória se acenderem nos pequenos corações. Um minuto depois, mal o Brasil tinha dado a saída, peguei a bola e, driblando outros três, fiz o nosso segundo gol, empatando a partida de forma sensacional. O segundo gol que marquei pareceu repeteco do primeiro. A torcida irrompeu como uma onda incontrolável, entrou no campo e queria porque queria me levar nos ombros, só a muito custo a partida recomeçou para completar o restante do tempo que faltava. O juiz suava mais que os jogadores, a camisa estava toda molhada e o rosto transpirava em bicas. Ficou nervoso com os dois gols que fiz, dando novos números à partida. Sem dúvida pressentia o que poderia acontecer com ele caso a partida fosse ganha pelo nosso aguerrido tricolor. Os torcedores do Brasil, que já não estavam nada conformados com o empate inesperado no finalzinho do jogo, certamente entrariam em campo para aplicar nele uma boa surra. Com os ânimos inflamados, só faziam agora xingar a pobre da mãe dele.

O melhor ainda estava pra acontecer. Colocaram o zagueiro Magarefe, um mulato musculoso e alto, pra colar em mim e não deixar que eu pegasse na bola outra vez. Se fosse preciso, era pra me empurrar com o ombro pra que eu caísse no barranco e

fosse parar lá embaixo no rio. Coloquei a bola entre as pernas do besta e parti feito um corisco na direção do gol. A bola que chutei com raiva passou por baixo da barriga do goleiro Barbosa, aí não deu mesmo pra evitar que os torcedores do Bahia entrassem em campo, viessem me abraçar e me levar nos ombros pela rua da beira-rio.

À tarde, antes de começar a matinê, à porta do Cine Itabuna, o Badeco disse que eu poderia me considerar agora um jogador do Bahia; graças a mim, nosso time tinha lavado a alma com a vitória eletrizante conquistada no finzinho do jogo contra o Brasil. Ele nunca tinha visto acontecer algo parecido no campinho da beira do rio. Era uma coisa inacreditável pra ficar pra sempre na memória e história do nosso querido Bahia.

Respondi com um sorriso:

— Só se for pra nunca mais sair da ponta-direita.

O Goleiro Galalau

Sabe aquela hora em que você aperta os olhos e prende a respiração para não ver o pior porque ele está prestes a acontecer? Pois é... Aquela hora aconteceu com o pênalti cometido pelo beque-central da Associação Futebol Clube na partida decisiva do campeonato contra o Janízaros Esporte Clube. Zecão teve de cortar a bola com a mão, não havia outro jeito. Se não interrompesse com a mão a trajetória da bola, o "centrefor" Nelore, um negro mal-encarado, tipo rompedor com investidas fulminantes no meio da defesa adversária, ia ficar frente a frente com o goleiro Galalau e, aí, nem por milagre, era gol na certa. A Associação ia perder não só o jogo para o Janízaros como o campeonato, o que era pior. A partida podia até terminar empatada em zero a zero, já estava nos trinta minutos do segundo tempo, e, aí, você sabe, o tempo voa e toma conta dos jogadores, que precisam vencer ou vencer, como era o caso do Janízaros, se quisesse conquistar o campeonato. Com o empate, a Associação ia papar mais um título de campeã, ia se tornar tetracampeã pela primeira vez em sua história.

Naquele tempo, o escanteio era "córnia", o lateral era "ofiçaide". Cada equipe tinha a seguinte formação: um goleiro (ou arqueiro, conforme cada torcedor gostasse de chamar por esse ou aquele nome), um beque-direito, um beque-central, um "ralfe-direito", um "center-ralfe", um "ralfe-esquerdo" e, na frente, um ponteiro-direito, um meia-direita, um "centrefor", um meia-esquerda e um ponteiro-esquerdo.

Galalau era o apelido do goleiro do Estrelinha da Várzea. Passou a ser o goleiro do time de meninos lá do bairro porque não arranjamos outro quando Chico Brabo foi embora pra Salvador da Bahia, dizendo que não voltava mais; daquela vez ia entrar de verdade na Marinha, onde pretendia seguir carreira de marinheiro. Ele só andava com aquelas ideias malucas na cabeça, de um dia ser um grande mergulhador nas águas profundas do azul, navegar ao redor do mundo pelos mares, cruzar num navio enorme os caminhos perigosos nunca antes navegados, pensava até em ser o comandante de um desses torpedeiros de guerra, depois que passasse a conhecer, durante muitos anos, todos os segredos do oceano. Chico Brabo, sim, que era um goleiro arrojado, saía em todas as bolas altas com os punhos firmes. Se não acertasse a bola com um soco, ai do atacante que recebesse dele aquele golpe duro: caía nocauteado ali mesmo, na pequena área, com os olhos amarelados, a zonzeira na cabeça, a língua de fora, vendo estrelas de dia e tudo o mais a que tinha direito. O massagista tinha de chegar logo com o balde d'água pra jogar no atacante desmaiado e, assim, esfriar o corpo dele, acabar com a zonzeira passando álcool no nariz e na testa e conseguir, enfim, levantar do chão o quase defunto, depois de algumas sacudidas fortes e até tapas no rosto do ofendido, se isso fosse necessário.

Galalau era meio desajeitado, branco como uma vela, alto, tinha as pernas compridas. As mãos eram enormes, bem enormes, as veias azuis pareciam cordões sob a pele alva dos braços. O cabelo, cor de milho; o olho, azul da cor do mar. Era mais velho do que qualquer jogador do nosso querido Estrelinha da Várzea, o time de meninos na cidade que mais tinha ganhado campeonatos na Liga Suburbana da Borboleta, cujo campo de futebol era gramado e marcado com cal nos jogos de domingo, ressalte-se. Ficava lá pras bandas do Banco-Raso, um lugar ainda deserto nas imediações da cidade, só havia por ali estirões de terreno baldio. Algumas casinhas de sopapo de barro, que iam surgindo aos poucos em diversos pon-

tos de lá, davam a entender que dali a uns anos um novo bairro pobre nasceria naquela zona da cidade.

Tinha o buço ruivo enchendo o lábio; uma penugem denunciava a barba por chegar em breve no rosto magro. Pelo tamanho e a voz já mudada — falava grosso e devagar —, destacava-se logo como o mais idoso no meio dos demais jogadores do Estrelinha da Várzea. Todas as vezes que o dono do time adversário fincava o pé exigindo a não escalação de Galalau, a partida demorava a ter início, pois ele era muito grande, não devia ser o goleiro em time de menino; um homem já feito devia era estar jogando na liga amadora, levava vantagem sobre o goleiro e os jogadores do outro time, isso podia fazer a diferença no jogo, argumentava-se. Depois de muita lengalenga, joga, não joga, que o que valia era a idade — Galalau não tinha mais do que quatorze anos, tamanho não era documento, o que conta é saber jogar com lealdade —, a partida então começava. No início, ele nem chegava a ser a maravilha desses goleiros que fazem encher os olhos com as suas defesas empolgantes. Bola rasteira tinha dificuldade em defender, quando, então, levava seus famosos frangos pra casa, saindo de campo, quando a partida terminava, sob as vaias dos torcedores. "Au! Au! Au! Galalau é um bom mingau! Au! Au! Au! Galalau é um bom mingau!" foi o que a torcida do Flamenguinho inventou pra mangar dele e começou a gritar quando ele tomou aquele célebre frango que tirou o Estrelinha da Várzea da disputa pelo título do campeonato contra o Vitória do Salobrinho. Uma droga aquele goleiro Galalau, que não era ligeiro coisíssima nenhuma nem tampouco o tal do goleiro invencível nas bolas altas. Que saudade a gente tinha do nosso arrojado goleiro Chico Brabo! Com ele não passava uma bola rasteira e, pelo alto, sai de baixo o atacante que o jogo era de campeonato, seu murro certeiro mandava a bola pra longe, quando não atingia a cara do adversário.

Mas, pelo alto, Galalau, nas últimas partidas que fez pelo Estrelinha da Várzea, tornara-se praticamente intransponível. Calmo, debaixo do gol, quase não saía do chão, com um leve tapa mandava para o "córnia" a bola chutada com efeito pelo atacante. Às vezes segurava a bola no ar com as duas mãos. E tinha aquela mania de irritar o time adversário. Segurava e suspendia a bola com as mãos grandes, mostrava à torcida como se fosse um brinquedo, ficava zombando do atacante, sorrindo e fazendo em seguida o sinal negativo com o dedão, a dizer que por ali, na sua cidadela, bola pelo alto não entrava. Aliás, diga-se também que já naquele tempo ele estava com aquela ideia mais que maluca na cabeça de um dia segurar a bola só com uma das mãos, praticando, assim, uma defesa inesquecível, daquelas dignas de ficar gravadas na história do Estrelinha da Várzea. Ele ia ficar degustando, diante dos olhos assombrados dos torcedores, a defesa mais espetacular que um goleiro pudesse fazer um dia, viesse a bola de longe ou de perto, feito um raio desferido pelo chute do adversário. "Quando esse lance acontecer, vocês todos vão ver e ficar abismados", afirmava sem pestanejar e com a cara fechada, todo convencido de que em breve ia conseguir esse feito. Nenhum de nós que jogava no Estrelinha da Várzea acreditava no que ele categoricamente assegurava.

Uma ideia maluca daquela ele fosse praticar em outro time, não em nosso Estrelinha da Várzea, que não merecia essa experiência desastrosa; isso era um perigo muito grande e nunca deveria acontecer com o nosso time. Era mais do que certo que a bola entraria no gol, com Galalau ficando a ver navios e o nosso time entrando no atoleiro feito a vaca que foi pro brejo e de lá não conseguiu mais sair. Não havia quem lhe tirasse aquela ideia malucona da cabeça, "vocês vão ver um dia, cedo ou tarde, isso vai acontecer", dizia e repetia nos treinos ou antes de cada partida pra quem quisesse ouvir. De uma hora pra outra, deu até pra pegar a bola só com uma mão e colocar no local onde o beque ia bater o tiro de meta. Às vezes fazia com que ela rodasse na ponta do dedo indicador, onde era equilibrada até que parasse. Com uma só mão mostrava a bola pra torcida, que ficava achando graça na cena incomum e até batia palmas. Só mesmo um goleiro de mãos compridas como as dele podia pegar a bola com apenas uma delas...

Começamos, então, a aceitar aquilo que ele fazia com a redonda como coisa natural, depois que ele passou a repetir o feito inúmeras vezes.

Só defendeu por um ano como goleiro as brilhantes cores verde e branca do nosso Estrelinha da Várzea. Uma pena, logo quando ele havia melhorado nas bolas rasteiras, já estava saindo mais rápido do gol e fazendo boas defesas. Fez até uma dessas difíceis com bola rasteira, que ficam pra história de qualquer time importante. Foi a primeira grande defesa que ele fez em nosso time quando a bola foi chutada rasteira e com efeito pelo atacante Siri, do Flamenguinho de Ferradas, um ponteiro-direito arisco que driblava feito um pequeno demônio multiplicado em dois, três, pelo campo. Sua defesa sensacional arrancou aplausos, vivas e assobios, alguns torcedores ficaram com os olhos esbugalhados sem querer acreditar no que acabavam de assistir. Galalau salvara com aquela defesa notável o Estrelinha da Várzea da derrota por um a zero, naquele lance em que o gol esteve a ponto de ser marcado no finalzinho do jogo, o juiz já havia consultado o relógio pra apitar o encerramento da partida, quando, então, ia levantar o braço na direção do centro do campo. Uma beleza aquela defesa dele! Principalmente porque evitava uma derrota do nosso aguerrido e temível time Estrelinha da Várzea para o seu mais sério rival. Embora a partida fosse do primeiro turno do campeonato e o título de campeão ainda não estivesse em jogo, muitas águas iam correr por debaixo da ponte no segundo turno.

Galalau virou o goleiro do segundo quadro da Associação Futebol Clube, uma das lendas da Liga de Itabuna do Desporto Amador. Era o time que tinha mais título de campeão na LIDA e que nunca perdera uma partida amistosa ou em torneio valendo taça contra os melhores times da capital. Nem mesmo para o Esporte Clube Bahia, o famoso tricolor de aço, de tantas glórias conquistadas em campeonatos da capital e torneios com equipes do Rio e São Paulo e que, além de ser um time profissional, era respeitadíssimo pelos times mais fortes de todo o Nordeste.

No dia em que se comemorava o aniversário da cidade, com o campinho da Desportiva lotado, tudo o que o Esporte Clube Bahia conseguia da Associação — e olhe lá! — era arrancar um empate naquele torneio que era disputado todos os anos com times de fora. O Galícia, por exemplo, outro time profissional da capital, conhecido como demolidor de campeões, só fazia perder quando jogava contra a Associação. Tinha vez que perdia de goleada e saía de campo vaiado.

Por uma dessas coincidências que só o destino deve saber, até porque Deus escreve certo por linhas tortas, como gosta o povo de dizer, nem sequer Galalau tinha feito a primeira partida pelo segundo quadro da Associação, foi escalado pra jogar no primeiro. Como tinha sido isso possível? Ia enfrentar como goleiro titular o Janízaros Esporte Clube, o rival dos rivais, o adversário mais respeitado pela Associação no campeonato da LIDA. Baliza, o goleiro titular do primeiro quadro da Associação, estava suspenso por três jogos, e Castilho, o reserva, estava com o pé direito engessado. O jeito que o técnico Tinoco encontrou foi recorrer ao goleiro do segundo quadro, um comprido feito uma vara e que ainda não tinha sido testado numa partida de futebol do campeonato dos segundos quadros da LIDA. Nunca havia usado uma chuteira numa partida de futebol; até ali, só havia jogado no gol com os pés descalços, sem joelheira nem nada. Como era que o goleiro Galalau ia se sair daquela encrenca que o destino havia lhe arranjado?

À véspera do jogo, ele não conseguiu pegar no sono, o corpo todo suado molhou o colchão de capim, teve arrepios durante a noite inteira, contou depois aos meninos do bairro. Não era possível acontecer uma traiçoeira invenção da vida como aquela. Não era possível. Era um castigo, uma das piores desventuras que alguém pudesse imaginar pra ele. Meu Deus, as coisas estavam pra acontecer tão rápidas com o goleiro Galalau que não dava pra ele compreender, só pensava no pior por causa de sua escalação no primeiro quadro da Associação, quando, aí sim, ia disputar uma partida oficial do campeonato da LIDA. Havia, então, duas possibilidades: ou sair arrasado de campo, encerrando pra sempre sua carreira de goleiro, caso sua atuação na partida decisiva do campeonato fosse comprometedora, ou sair ovacionado pelos torcedores fanáticos da Associação, caso fizesse uma partida sensacional com defesas milagrosas. A segunda hipótese era pouco provável, sobretudo com um goleiro inexperiente como ele, que ia pisar como num sonho de filme de cinema pela primeira vez na cancha do campo da Desportiva.

Sabe aquela hora em que você aperta os olhos e prende a respiração para não ver o pior porque ele está prestes a acontecer? Pois foi naquela partida memorável que a Associação empatou com o Janízaros e se sagrou campeã da LIDA pela quarta vez seguida. Salvou a Associação da derrota, ele mesmo, Galalau, aquele meio desengonçado, em quem os meninos do bairro não levavam fé quando chegou pra substituir o Chico Brabo no arco do Estrelinha da Várzea. A garotada toda desceu lá do bairro, pra não falar dos próprios jogadores do Estrelinha da Várzea, seus antigos companheiros de bola e de time, fomos juntos numa pequena multidão de garotos em algazarra para assistir à estreia de Galalau no primeiro quadro da Associação, e logo numa partida decisiva contra o Janízaros, que tinha seus jogadores conhecidos como os guerreiros do fogo — por que razão nunca se soube exatamente, já que a camisa do time era azul e não tinha nada de vermelho nas cores. O jogo foi duro, disputado com lances ríspidos, palmo a palmo, mas sobretudo com lealdade por parte dos jogadores, tanto da defesa como do ataque de ambos os contendores.

Verdade que a Associação quase não atacou o time adversário e, quando fez isso, foi de maneira tímida, sem oferecer qualquer perigo ao goleiro do Janízaros. O time todo da Associação jogou recuado, preocupado em se defender, sabia que o seu goleiro não inspirava confiança. O goleiro Galalau passou todo o primeiro tempo sem fazer uma defesa difícil. Quando a bola era chutada de longe, ele agarrava tranquilo com suas mãos enormes. No segundo tempo foi aquele deus nos acuda: um bombardeio cerrado dos atacantes do Janízaros na área da Associação, cujos jogadores da defesa e até do ataque davam sempre um jeito de desviar a bola em sua trajetória para o gol, evitando, assim, que fosse na direção do goleiro Galalau. A batucada entre os torcedores do Janízaros havia parado de tocar, a torcida tinha ficado calada, aguardando ansiosa que a partida terminasse logo. Com aquele bombardeio todo feito pelos atacantes do Janízaros na área da Associação, o gol podia sair a qualquer momento.

Foi aí que todos viram o pênalti cometido pelo zagueiro Zecão, ao cortar com a mão a bola que ia pro atacante Nelore fazer o gol e, com isso, dar ao Janízaros o título de campeão, desempatando a partida que estava zero a zero. Isso já aos trinta minutos do segundo tempo, como foi dito no início. Muitos torcedores da

Associação não esperaram para ver o pênalti ser batido por Nelore. Foram saindo de mansinho do estádio, cabisbaixos. Os torcedores do Janízaros já comemoravam a vitória e a conquista do título de campeão antes mesmo de o pênalti ser batido.

Nelore tomou uma boa distância da bola, fez o sinal para o canto que ia bater o pênalti num gesto de deboche pro goleiro Galalau, como se naquela hora estivesse dizendo pra ele "futebol é pra homem, sai daí, vara de tirar mamão, pra essa não há salvação, essa bola você nunca vai ver passar". E todos viram a bola ir como uma bala pelo alto, no lado esquerdo do goleiro, e até hoje os meninos do bairro que assistiram ao lance inacreditável comentam já como gente idosa. Galalau pulou um pouco para o lado, esticou o braço direito e pegou com uma só mão a bola que veio num chute violento pra romper as redes. No mesmo instante, mostrou a bola agarrada com uma mão para os torcedores, que fizeram um "oh" do tamanho do céu. Depois do susto tremendo que tomaram, os torcedores da Associação, numa alegria como nunca havia acontecido, só fizeram pular na numerada e na geral, sorrir e gritar a todo pulmão: "Au! Au! Au! Galalau é o maioral! Au! Au! Au! Galalau é o maioral!".

Foi assim que a Associação Futebol Clube ganhou, pela quarta vez consecutiva, o título de campeã da Liga de Itabuna do Desporto Amador, com a defesa mais in-

crível que um goleiro até então havia praticado naquela cancha de tantas partidas memoráveis. Depois que Nelore perdeu o pênalti, os jogadores do Janízaros ficaram abatidos com o que viram, tudo dava errado pro lado deles, até nos lances mais bobos, e o jogo seguiu até o fim empatado em zero a zero.

E foi assim também que Galalau, o goleiro que agarrava a bola com uma só mão nas partidas disputadas palmo a palmo, principalmente quando estava em jogo o título do campeonato, tornou-se de uma hora para outra o maior ídolo do legendário time da Associação Futebol Clube. Um time que se tornou imbatível durante quinze anos quando enfrentava o Janízaros Esporte Clube, pois lá no gol estava Galalau, um goleiro que pelo tamanho grande havia se constituído o pavor dos atacantes.

O dia em que vi Garrincha jogar

O alto-falante ficou durante o mês inteiro alardeando o jogo do século: Botafogo do Rio versus Seleção Amadora de Itabuna. Pela primeira vez o Campo da Desportiva ia ser visitado por um time do Rio de Janeiro. "O maior espetáculo da Terra, incrível, sensacional", anunciava o alto-falante, o dia todo, de segunda a domingo, pela rua do comércio e nos bairros. "Não deixe de assistir a esse espetáculo futebolístico como a parte mais importante dos festejos comemorativos de mais um aniversário de emancipação política da cidade. Venha ver de perto Garrincha, o demônio das pernas tortas, aquele que, ao lado do Rei Pelé, Nilton Santos e outros supercraques, nos deu a primeira Copa do Mundo, conquistada nos gramados da Suécia com a magia do futebol brasileiro. Venha ver de perto Nilton Santos, o melhor lateral esquerdo do futebol brasileiro de todos os tempos. E mais: Ari, Mário, Pampolini, Domício, Orlando Maia e Tomé. Eis em nossa cidade uma oportunidade de ouro que ninguém deve perder"; o alto-falante anunciava também que os ingressos já estavam sendo vendidos na barbearia do Álvaro, perto da Praça Adami, "vá comprar logo antes que não encontre". As duas filas cresciam a olhos vistos para a compra dos ingressos. Uma delas começava lá em cima, perto do Cine Itabuna, e vinha descendo a praça, enquanto a outra tinha início longe, junto da praça Camacã, e movimentava-se por um dos passeios da rua do comércio.

Perguntei a Zé Gordinho se o pai dele já tinha comprado os ingressos para o jogo. Entre chateado e triste, ele disse que não, que droga!, ia passar com os pais o final de semana em Ilhéus, na casa de uma tia que não tinha filhos, e que por isso era muito apegada a ele. Na última carta que enviara à mãe de Zé Gordinho, a tia mostrava-se saudosa, dizendo que à noite chorava muito antes de dormir, não conseguia tirar o sobrinho do pensamento. Pedia à irmã que levasse o menino naquele final de semana, queria vê-lo o mais breve para matar a saudade, que estava apertando muito o coração dela.

Zé Gordinho era um torcedor fanático do Botafogo do Rio. Na rua, era o único torcedor botafoguense; os outros meninos se dividiam entre Vasco, Flamengo, Fluminense, América e até Bangu. Zé Gordinho dizia que o Brasil só foi campeão do mundo na Suécia por causa de Garrincha, Nilton Santos, Didi e Zagalo, todos craques inigualáveis e que pertenciam ao glorioso Botafogo carioca. Garrincha chegava a ser uma covardia quando jogava contra os gringos, driblava todo mundo e deixava Pelé e companhia na cara do gol. Aí, era só chutar a bola para a rede. "Assim, até eu fazia o gol!", Zé Gordinho dizia isso só pra pirraçar os meninos lá da rua. Nilton Santos foi que deu aquela arrancada da defesa indo até a área da Áustria pra fazer aquele gol maravilhoso. Ali, naquele lance que um defensor nunca tinha feito, foi que o Brasil começou a ganhar a primeira Copa do Mundo. Os outros jogadores tomaram confiança e viram que tinham grandes possibilidades de trazer o caneco pra nossa pátria de chuteiras. Zé Gordinho contava aquele lance um bocado de vezes, irradiava-o como se ele fosse um locutor de verdade, só pra irritar os meninos lá da rua, que se dividiam nas discussões, como naturalmente fazem os torcedores apaixonados de times rivais. Cada um de nós tinha até equipe de botão com o nome dos jogadores de nossos times no Rio de Janeiro. Era uma voz enjoada a de Zé Gordinho naquela pirraça, que, de tanto se repetir, feria nossos ouvidos e deixava a gente de cara zangada. Ele frisava que Garrincha era incomparável a qualquer supercraque, dali a cem anos ainda não teria surgido outro; Nilton Santos, uma enciclopédia que sabia tudo de futebol; Didi, o eterno mestre; e Zagalo, a formiguinha, que estava no ataque e na defesa o jogo inteiro. Todos uns gênios que o Botafogo deu na bandeja à Seleção Brasileira para que ela formasse a sua base e conquistasse mais tarde a primeira Copa do Mundo de Futebol em canchas europeias.

Os meninos que torciam pelo Vasco, Flamengo, Fluminense, América e Bangu não diziam nada quando Zé Gordinho argumentava que sem os quatro gênios do Botafogo o Brasil não teria chegado nunca ao pódio na Suécia. Só eu não engolia aquela xaropada toda e revidava sem hesitar. Não era bem assim como ele dizia; qualquer time de futebol é formado por onze jogadores, e cada um contribui à sua maneira para o conjunto e para a vitória, que é de todos. Ele que não se esquecesse de que a Seleção Brasileira de 58 tinha um menino de 17 anos, um pretinho com pouco físico chamado Pelé, e que em pouco tempo seria conhecido como o rei do futebol neste planeta. Foi ele quem fez aquele gol espetacular no finzinho do jogo contra o País de Gales e nos levou para as semifinais da primeira Copa do Mundo conquistada pelo Brasil. Além disso, era bom não esquecer também que na Seleção Brasileira de 58 havia três jogadores do Vasco: Belini, um becão que não tinha medo de atacante mal-encarado e não brincava em serviço (era o dono absoluto da grande área, tanto nas bolas altas como nas baixas), Orlando, o quarto-zagueiro mais seguro que vestiu a camisa do Brasil, e, lá na frente, o pernambucano e raçudo Vavá, um com a cara de japonês, que surgia de repente como uma bala, penetrava na defesa daqueles gringos grandes e com cintura dura, pra meter neles cada gol de arrepiar. Zé Gordinho não se conformava e logo voltava com aquela lengalenga de que Mané Garrincha era o maior driblador que o mundo já viu, passando a lembrar outros feitos notáveis de Nilton Santos, Didi e Zagalo no gramado do Estádio Mário Filho, o maior do mundo, onde de uma arquibancada não se avistava as pessoas na outra...

Na sexta-feira à tarde, do pátio de nossa casa, escutei Zé Gordinho gritar, espernear e chorar alto. Subi no muro e vi como soluçava no quintal dos fundos do sobrado onde morava. Com a cara virada para a parede, gaguejava e dizia para a mãe que não ia passar o final de semana na casa da tia em Ilhéus. A mãe arranjasse outro final de semana; aquele estava reservado para a maior alegria da vida dele: ver de perto os seus maiores ídolos, Garrincha, Nilton Santos, Didi e Zagalo, envergando a camisa gloriosa do Botafogo e pela primeira vez pisando como num sonho o tapete verde esburacado do Campo da Desportiva.

A mãe dizia pra ele se conformar, já havia enviado uma carta para a tia, assegurando-lhe que o sobrinho ia com ela para passarem o sábado e o domingo em Ilhéus. A mãe disse-lhe ainda que lá em Ilhéus ele podia jogar bola na praia e depois ficar a manhã toda tomando banho de mar. Que mais podia desejar um menino que morava numa cidade com um rio só e sem o mar com suas ondas ora azuis ora verdes? Ele se sentisse como um privilegiado na vida entre os meninos da rua, ora seja. Queria lá ele saber de mar nem de jogar bola na praia em Ilhéus. O que apenas lhe interessava naquele domingo era ver os seus ídolos no Campo da Desportiva, enfrentando e dando uma goleada inesquecível na Seleção de Itabuna, que, embora fosse uma equipe aguerrida, constituída de jogadores amadores, tinha, até certo ponto, um bom nível técnico; alguns de seus atacantes podiam jogar até em qualquer time profissional da capital. O atacante Florizel, por exemplo, um centroavante nato, era um goleador implacável, dava pinta de que podia jogar em time grande do Rio ou de São Paulo. A goleada ia ser de uns dez a zero pra lá. Se o Leo Briglia ainda fosse jogar na Seleção de Itabuna, até que o Botafogo podia sofrer um gol, mas um golzinho só. Leo Briglia era um cracão de bola, o melhor jogador que havia surgido na região: chutava com os dois pés, jogava de cabeça erguida, tinha uma visão ampla do campo, corria o tempo inteiro por todos os cantos do gramado, uma colocação invejável pra receber a bola, não se cansava de orientar os companheiros, passava com facilidade, fazia lançamentos compridos, botava o atacante cara a cara com o goleiro, fazia cada gol espetacular de fazer cair o queixo do torcedor. Leo Briglia não ia jogar mais na Seleção de Itabuna; havia duas semanas já estava fazendo testes no América do Rio, e ninguém tinha dúvida de que seria contratado. E por isso a Seleção de Itabuna ia amargar uma goleada inesquecível, sem ter o gosto de sequer fazer um mísero golzinho no glorioso Botafogo, aquela equipe famosa do Rio de Janeiro e da não menos gloriosa estrela solitária na camisa, que brilhava intensa por onde quer que o time se apresentasse.

No dia seguinte, Zé Gordinho, chorando, aos gritos, depois de muito resistir, entrou no carro do pai, que já estava ao volante pronto pra ligar o motor. A mãe entrou por último. O carro saiu aos solavancos, deixando escapar pelo cano de descarga furado uma fumaça forte na rua esburacada. O carro velho dobrou a esquina e, naquela tarde de sábado com pouco brilho no céu, lá se foi rangendo as molas, rumo a Ilhéus. Eu tinha prometido a Zé Gordinho que não perderia um só minuto da partida e contaria a ele todos os lances, tintim por tintim, principalmente os de Garrincha, o fenômeno das pernas tortas, e os de Nilton Santos, aquele supercraque

que, nas irradiações de futebol da Rádio Nacional, era chamado pelo locutor Jorge Cúri de verdadeira enciclopédia (sabia tudo de futebol) e os de Didi, o criador da folha-seca — nas faltas que batia criou aquela maneira só dele de bater na bola que tomava um efeito fazendo uma curva, descaía e ia entrar lá na forquilha onde a coruja dorme —, e, por último, os de Zagalo, o incansável, que atuava como um falso ponteiro e que armava o jogo pela esquerda, cansando, com seu incrível vaivém, os jogadores que o marcavam pelo lado direito do campo, saindo da partida pronto pra jogar ali mesmo mais outra de noventa minutos. Tinha fôlego de sete gatos.

Só se falava na semana na goleada que a Seleção de Itabuna ia amargar. Verdade que era uma seleção respeitada como amadora, poucos meses havia que conquistara o Torneio Intermunicipal no estádio da Fonte Nova, em Salvador da Bahia, mas não dava mesmo pra enfrentar um supertime como o do Botafogo do Rio. Se alguém desse cinco gols de vantagem, não encontraria um apostador sequer pra topar a aposta e ficar do lado da Seleção de Itabuna. Aquela partida ia ser um treino para o Botafogo, um passeio na cancha da Desportiva, um refresco que aqueles craques notáveis iam tomar sem se importarem com os jogadores da Seleção de Itabuna. Só faltava chegar logo o domingo, o juiz trilar o apito, ver e crer no olé que ia ser dado pelo Botafogo. Não esqueceria nada do jogo, tudo seria visto e anotado nos mínimos detalhes pra ser contado depois ao amigo Zé Gordinho.

O pequeno estádio da Desportiva ficou abarrotado naquele domingo de céu cinzento. Nunca se soube até hoje como coube tanta gente. Quem não conseguiu entrar ficou trepado em alguma árvore perto do estádio, no telhado das casas ao redor do muro da geral ou no morro, onde existia uma igrejinha um pouco distante e por trás de um dos gols, de onde só se via uma parte do campo. Melhor isso do que nada.

O único vício de meu pai estava no futebol, melhor dizendo, a única diversão de que ele gostava era assistir, num domingo ou feriado, a qualquer jogo na Desportiva. Não perdia um, até se fosse um dos piores, disputado por jogadores sem técnica e que só soubessem — muito mal, diga-se de passagem — chutar a bola, como acontecia com os segundos quadros dos times que disputavam o campeonato promovido pela Liga de Itabuna do Desporto Amador. Chegava cedo ao estádio, por volta das treze horas, antes mesmo de ser aberto o portão que dava acesso para o local da sombra e da arquibancada. A arquibancada pequena com cobertura de zinco talvez abrigasse mil pessoas. Ficava num aclive do terreno e dali até uma das laterais do campo a distância não dava vinte metros. Quando os jogadores chegavam uniformizados para adentrar o gramado, podiam ser vistos bem de perto. Especialmente naquele domingo, meu pai chegou ainda mais cedo ao estádio; eu não largava a mão dele, com medo de me perder entre muitos torcedores que formavam grande multidão junto aos portões de entrada para a arquibancada, a sombra e a geral. Quando os portões foram abertos, num só tempo houve aquela gritaria alegre do pessoal que entrava no pequeno estádio. Daí, então, não parou mais de entrar gente aos empurrões. Em pouco tempo o estádio ficou superlotado: na geral, onde o sol queimava muito, sobretudo nos domingos de verão forte (embora aquele fosse de inverno), no lugar da sombra, que ficava de um lado e do outro da arquibancada, e por trás dos dois gols.

A preliminar de Botafogo e Seleção de Itabuna foi entre dois times de estudantes. Rapazes que estudavam na capital contra os que estudavam no único ginásio da cidade. Nunca um jogo demorou tanto tempo para passar como aquele. Eu não via a hora que terminasse logo, pra que pudesse ver de perto, em carne e osso, os jogadores do Botafogo do Rio, com os seus astros e estrelas maiores: Garrincha, Didi, Nilton Santos e Zagalo. Parecia um sonho ver tanta gente que superlotava a Desportiva e, o que era melhor, dali a pouco assistir da arquibancada ao espetacular time do Botafogo adentrar a cancha com todos os seus titulares. Coisa de cinema, não era possível, seria mesmo verdade?, perguntava-me quieto, sentado ao lado do pai, chupando rolete de cana e aguardando o fim daquele jogo na preliminar, que não estava despertando em mim o menor interesse. E foi um alívio quando o juiz trilou o apito, encerrando aquela partida sem graça nenhuma, nem nos poucos lances com brilho que um ou outro jogador fazia, nem quando acontecia um gol e o marcador era alterado em favor dos estudantes do único ginásio da cidade, de cujo time a maioria dos torcedores tomou logo partido.

De repente um silêncio invadiu o estádio da Desportiva por todos os cantos. Uma coisa diferente que eu não sabia explicar tomou conta de todo mundo. Comecei a suar frio e a ficar com a respiração quase presa. O coração deu pra bater acelerado em seguida. Os inumeráveis rostos dos espectadores estavam voltados agora para o portão que dava acesso à arquibancada. Por ali estavam entrando o time do Botafogo e também o da Seleção de Itabuna, lado a lado. Escutei um grande murmúrio vindo do público na arquibancada e depois ruídos que começaram a aparecer com vozes confusas. Foi então que vi surgir ali, diante de meus olhos crescidos, em fila indiana, os jogadores do Botafogo com as coxas brilhantes, havia um cheiro forte de linimento, a camisa preta e branca com listras verticais, a estrela solitária no peito. As chuteiras lustrosas, as meias com a cor cinzenta, o calção preto. Vi passar bem perto de onde eu estava na arquibancada primeiro Nilton Santos, que era o capitão do time, depois Didi e, atrás deles dois, Zagalo e Garrincha, que parecia um meninão, não parava de sorrir e acenar para os muitos torcedores que gritavam o nome dele. Não aguentei o susto quando o vi passar bem perto, eu quase tocando nele. Ainda trêmulo, a voz meio engasgada, fiz um esforço e gritei:

— Garrincha! Garrincha! Garrincha! — ele me acenou, riu e fez com o dedo polegar um sinal indicativo de que tudo estava legal.

O foguetório explodiu e logo deixou o gramado coberto de fumaça quando os jogadores do Botafogo entraram em campo. Um atrás do outro, os pés leves como se tivessem asas no calcanhar e flutuassem acima do chão em cada passo que davam. Saudaram o público, que se apertava em vários lugares do estádio, e foram ovacionados com palmas, gritos e assovios. A Seleção de Itabuna foi muito aplaudida e também recebida com foguetório. O Hino Nacional foi executado com os jogadores perfilados. Depois, como reza a tradição, os capitães trocaram entre si as flâmulas de seus respectivos times. Posaram com o juiz e os bandeirinhas para as fotos. Os fotógrafos tiraram muitas dos dois times. Alguns jogadores do Botafogo ficaram batendo bola, outros correndo em várias direções, faziam o aquecimento necessário antes de começar o jogo. Os jogadores da Seleção

de Itabuna, por sua vez, formaram uma roda perto do centro do campo, onde ficaram conversando abraçados.

O juiz escalado para aquele que prometia ser o jogo mais inesquecível foi o padre Livorno, um italiano com o rosto vermelho feito camarão, bigodudo, que apitava vestido na batina preta e de óculos. Era um árbitro disciplinador, marcava em cima do lance, não admitia que qualquer jogador simulasse uma falta e tentasse jogá-lo contra a torcida. Mandava o sabido ir tomar banho de chuveiro cedo. Uma vez, marcou um pênalti duvidoso a favor do time visitante. Um gaiato xingou a mãe do padre Livorno. Ele meteu a mão no bolso, sacou o revólver com o cano longo e mandou bala pra tudo quanto foi lado. O que se viu foi aquele corre-corre na geral e gente se abaixando na arquibancada. Torcedor batia o queixo como se estivesse com febre alta, chamando por Jesus e Nossa Senhora e por tudo que era nome de santo, o pai me contou depois em casa, à hora do jantar, ainda assustado. O padre Livorno falou depois na missa que aquilo tinha acontecido apenas para alertar o gaiato que xingou a mãe dele; não atirara para ferir ninguém; da próxima vez, não se responsabilizaria pelos tiros, que teriam endereço certo. Os fiéis disseram amém numa voz contrita que ecoou pela igreja cheia.

Com os times arrumados em campo, o jogo teve início.

Com cinco minutos de jogo, Garrincha já havia marcado dois gols. No primeiro deles, driblou o lateral esquerdo Zé Monteiro, que ficou deitado na grama e tomou uma vaia demorada do público. Bateu rasteiro na bola, que, sem apelação, passou por baixo do goleiro e foi morrer nas redes. No segundo, depois de passar por três defensores, driblar o goleiro, ele entrou com bola e tudo no gol. Foi aquele riso geral no estádio e gritos e palmas e assovios que chegavam a doer nos ouvidos. A goleada que a Seleção de Itabuna ia tomar e que todos haviam previsto já estava se delineando mais cedo do que se pensava.

Não fosse o aguaceiro que caiu de repente e alagou o campo todo em menos de quinze minutos. A cancha ficou pesada e, em muitos lugares, cheia de poças d'água. Em pouco tempo virou uma piscina, a bola não corria, os jogadores tinham dificuldade em chutá-la. O céu ficou coberto de nuvens escuras e foi um cair de água naquela tarde de domingo no inverno, cortada por relâmpago e trovoada, que parecia que o mundo ia desabar ali mesmo na Desportiva.

A Seleção de Itabuna ainda conseguiu fazer um gol no segundo tempo. O centroavante Zé do Carmo deu um chutão pro alto, a bola resvalou numa parte encharcada do campo, bem na pequena área onde o goleiro escorregou, e foi cair devagar no fundo do gol. Houve uma alegria no estádio como nunca se viu. Que felicidade aquele grito geral de gol, uma obra-prima do aguaceiro, oferta dos deuses que veio do céu para presentear os torcedores da Seleção de Itabuna naquela tarde zangada quando se comemorava mais um aniversário de emancipação política da cidade. Naquele dia, em que vi Garrincha jogar, pela primeira e única vez. Aliás diga-se, a bem da verdade, que Garrincha, Nilton Santos, Didi e Zagalo foram substituídos logo que o aguaceiro começou a cair, deixando a cancha encharcada e escorregadia. Afinal, não se enxerga a constelação em meio a tempestade.

Quando na segunda-feira encontrei cedo com Zé Gordinho lá na rua, ainda muito aborrecido por não ter assistido ao seu querido Botafogo jogar na Desportiva, eu lhe adiantei logo o placar do jogo, ele não quis acreditar.

— Fale a verdade — insistiu.

— Dois a um pro Botafogo, já falei.

O aguaceiro estragara o espetáculo. Não teve quem não ficasse molhado com a chuva grossa que não parava de cair. Fiquei com a roupa ensopada, tiritando de frio quando cheguei em casa. Minha mãe mandou que fosse tomar logo um banho quente. Depois, me deu duas colheres grandes de mel de abelha e uma gemada. Era pra aquecer o peito e evitar que eu pegasse uma gripe forte.

O que se podia fazer? Só no rádio agora íamos ouvir aqueles gols engraçados de Garrincha, dignos de Carlitos Chaplin, nascidos da trama de dribles desconcertantes feitos por umas pernas tortas e geniais. Comoviam, encantavam, faziam rir o estádio com a sua boca enorme. Garrincha dribla toda a defesa, pernas se enrolam no tapete verde, passa pelo goleiro, que fica babando na grama. Com o pé parado na bola, na linha do gol, espera que eles se levantem, o espanto do público vai de canto a canto. Huuuuuuuuuuuuuuu! E, como uma criança irresponsável, Garrincha toca a bola com o calcanhar, devagar ela vai morrer no fundo do filó. O que é isso, torcida brasileira? Desmaios, risos, beijos. O estádio quase vem abaixo, o Sol partindo-se em gargalhadas sonoras. "Minha gente, este gol do malabarista Mané Garrincha foi pra matar qualquer um do coração!"

O goleiro Leleta*

1

Rio Claro é uma cidade pequena perdida na imensidão da Terra. Foi batizada com esse nome em razão do rio que passa nos fundos, brilhando feito um espelho, deslizando sereno com suas águas e vertentes claríssimas. Tem um clima agradável, estações temperadas de sol e chuva. Lá, a vida é calma, nada de importante para a história da humanidade acontece no ano. Mas nenhum de seus habitantes pensa em trocar a tranquilidade de Rio Claro pela vida numa

---

* A história "O goleiro Leleta" apareceu originalmente na seção "Ultraleve" do jornal A Tarde, de Salvador, em 25 de outubro de 1990.

cidade grande, dessas onde as pessoas saem de casa cedo para o trabalho e só retornam à noite, cansadas. Enfrentam o tráfego perigoso todos os dias, com carros velozes cantando os pneus no asfalto e correndo para todos os lados.

2

Em Rio do Braço Claro existe uma praça com jardim. A bandinha toca valsas, choros e marchas no coreto, aos domingos pela manhã. O cinema foi instalado no salão atrás da feirinha. O padroeiro da cidade é Santo Antônio, sua pequena igreja foi construída numa colina e é avistada de qualquer parte da cidade. Os fiéis chegam até a igreja depois de subirem uma escadaria com muitos degraus.

A procissão de Santo Antônio é a mais concorrida de todas. Vem gente de tudo quanto é lugar escondido, dali próximo e dos pontos mais distantes. A Filarmônica toca o hino de Santo Antônio na procissão, vagarosa ela percorre as ruas da cidade em pouco tempo. O povo acompanha a imagem do padroeiro sendo carregada no andor florido, os rostos contritos cantando com emoção e rezando com fé.

3

O campo de futebol de Rio do Braço Claro fica nas imediações do prédio escolar. Em vez de murado é rodeado de folhas de zinco, pregadas em esteios de jaqueira. A cobertura da arquibancada é também de zinco, está enferrujada e furada há anos. Os assentos são de cimento, foram construídos como se fossem bancos compridos. Só quem possui cadeira de madeira com assento de couro de zebu para assistir aos jogos é o juiz de direito, o prefeito, o padre e o delegado. Quando é dia de jogo importante, cada autoridade senta-se na sua cadeira, em cujo encosto, atrás, está assinalado o nome do cargo, pintado em letras grandes.

4

Quando se discute futebol em Rio do Braço Claro, na praça ou em outro lugar, o torcedor do São José Futebol Clube, sem esconder certo orgulho na voz, diz que o seu time é o mais querido na cidade. É o que tem mais torcida e mais títulos de campeão, entre os times filiados à Liga Amadora de Futebol de Rio do Braço Claro.

5

Se acontecer de um jogo importante do campeonato estar marcado pela tabela para um desses domingos com céu azul e sol forte, o pequeno estádio de futebol de Rio do Braço Claro fica superlotado. O campeonato é disputado por seis clubes locais, mais o

Expressinho de Burburinho do Paraíso e o Ipiranga de Serra Grande, que participam como convidados.

6

Burburinho do Paraíso é um lugarejo que fica distante de Rio do Braço Claro cerca de vinte quilômetros. É bastante falado por causa da feira que funciona na pracinha onde o trem faz uma parada antes de seguir para o fim da linha, nas imediações do vilarejo de Serra Grande. O movimento é intenso em Burburinho do Paraíso aos sábados. A feira tem tudo o que se possa imaginar. Só se vê gente pra lá e pra cá; a feira, como uma onda, vai e vem. As pessoas chegam alegres e voltam risonhas com tanta coisa que compram por um preço barato.

7

Os moradores de Burburinho do Paraíso dizem que ali é que é lugar de viver. Ora essa, é um lugar mais bonito que Rio do Braço Claro. Nem se pode comparar. O luar lindo clareia o chão como se fosse dia. As flores nas sacadas e quintais soltam um perfume à noite que suaviza o sono de qualquer pessoa.

8

Num domingo de inverno foi realizada a partida do campeonato organizado pela Liga Amadora de Futebol de Rio do Braço Claro, reunindo as equipes do Expressinho de Burburinho do Paraíso e do São José

Futebol Clube. Os times entraram em campo sob os gritos de cada torcida e um foguetório de ensurdecer que espocava na tarde cinzenta.

9

O Expressinho de Burburinho do Paraíso empatou com o São José em zero a zero, conquistando o campeonato, numa partida considerada pelos torcedores como a mais disputada pelos dois times dos últimos tempos.

10

Mas a tristeza que tomou conta do goleiro Leleta só foi um pouco atenuada com o empate que o Expressinho de Burburinho do Paraíso conseguiu arrancar de seu mais tradicional rival, obtendo o título de campeão da Liga Amadora de Futebol de Rio do Braço Claro pela primeira vez.

11

A conquista do campeonato pelo Expressinho recompensou o esforço que o goleiro Leleta fez para jogar a partida decisiva, apesar de saber que seu pai, o velho Neco, estava sendo velado em Burburinho do Paraíso.

12

Os companheiros do goleiro Leleta foram confortá-lo depois que o juiz encerrou a partida. Os jogadores do São José fizeram o mesmo. Ele estava parado na linha do gol, sem nada dizer.

13

Quem esteve com o goleiro Leleta antes de começar o jogo ficou admirado de sua passiva tristeza. Ele explicou que queria jogar aquela partida de qualquer maneira porque nada mais adiantava fazer. Queria ver seu time sagrar-se campeão, já esperava receber a notícia da morte do pai a qualquer momento. "Essa é uma hora que chega pra todos nós", observou, em seu jeito simples. Mas não ia ser um acontecimento difícil daquele que ia tirar a sua tranquilidade e impedir que defendesse as cores do Expressinho de Burburinho do Paraíso.

14

O goleiro dedicou o título de campeão conquistado a seu pai. Ele falou que o velho Neco ia ficar contente se estivesse na torcida. Assistiria a seu time disputar a última partida com o São José. Assistiria ao Expressinho de Burburinho do Paraíso jogar a partida decisiva pelo empate e tornar-se campeão.

15

O velho Neco foi o fundador do Expressinho de Burburinho do Paraíso. Se dependesse dele, o Expressinho nunca deixaria de participar de um campeonato organizado pela Liga Amadora de Futebol de Rio do Braço Claro. Ia bater de porta em porta, fazia rifa entre os torcedores, corria o livro de ouro na feira. Armava até quermesse no jardim em frente à igreja. Só ficava em paz consigo mesmo quando conseguia ter em mãos o dinheiro completo para comprar um jogo novo de calção e camisa para o seu time.

16

Azul e branco eram as cores da camisa do Expressinho de Burburinho do Paraíso. Azul e branco eram também as cores do coração do velho Neco. De uns tempos para cá, aquele coração, que tantas vezes vibrou com as vitórias do Expressinho, vinha batendo baixinho. Já não consolava mais os jogadores do Expressinho quando perdiam uma partida importante.

17

O velho Neco tinha 78 anos. Os cabelos ralos, poucos dentes na boca, os olhos esverdeados no rosto pequeno. Durante anos foi, ao mesmo tempo, diretor, técnico, massagista e roupeiro do Expressinho de Burburinho do Paraíso. Ultimamente, estava andando com dificuldade, as pernas não comandavam o corpo. Permanecia recolhido ao quarto, onde às vezes passava o tempo todo tangendo galinhas que ele imaginava fossem dormir debaixo da cama. Falava para si mesmo umas coisas que os de casa não entendiam. Pronunciava numa voz pastosa o nome do Expressinho, que saía da boca velha num tom doído, marcando no seu rosto uma expressão de saudade.

18

O velho Neco sabia que o maior ídolo do Expressinho de Burburinho do Paraíso era o seu filho Leleta. Disso muito se orgulhava. As defesas incríveis do goleiro levavam a torcida ao delírio.

19

A mulher e os dois filhos do goleiro moravam em Burburinho do Paraíso. Junto com eles morava também o velho Neco. E ainda dois irmãos do goleiro. Leleta era o mais velho dos irmãos e o responsável pelo sustento da família.

20

O goleiro Leleta deixou o estádio onde ainda alguns torcedores permaneciam na geral. Antes de viajar para Burburinho do Paraíso, teve a preocupação de passar em sua barraca de peixe perto da rua do comércio. Ali, apanhou algum dinheiro para as despesas com o enterro do pai; o dinheiro que sobrasse ia deixar com a mulher.

21

Foi para Burburinho do Paraíso no seu caminhão velho, pensando em chegar a tempo de participar pelo menos do enterro. Veria então o pai pela última vez, enrolaria o caixão com a bandeira do Expressinho de Burburinho do Paraíso e diria: "Pode ir sossegado, pai, que somos os campeões".

22

Durante a viagem, o goleiro ficou lembrando as manifestações de pesar que tinha recebido dos jogadores dos dois times. Agora, seria ainda mais o maior ídolo do Expressinho. Fizera a melhor partida de sua vida e, durante os noventa minutos, fechara o gol com defesas sensacionais. Nas bolas altas ou rasteiras, praticara defesas milagrosas, elásticas, precisas e corajosas.

23

Um céu de teto preto despejou uma chuva forte no segundo tempo do jogo. O campo tornou-se pesado e escorregadio. Os jogadores tinham dificuldade em dominar a bola.

24

Enquanto o caminhão seguia, sacolejando na estrada de barro por causa dos vários buracos, não saía da cabeça do goleiro aquele momento mais difícil do jogo. A torcida do São José explodiu numa só voz de alegria quando o juiz marcou o pênalti cometido pelo zagueiro do Expressinho num lance bobo. O zagueiro cortou com a mão uma bola que sairia pela linha de fundo sem oferecer qualquer perigo.

Leleta pediu calma aos seus companheiros.

Colocou a bola na marca do pênalti.

Esperou o apito do juiz.

Sem se mexer, ficou no gol com os braços abertos.

Quando o juiz trilou o apito, o jogador do São José desferiu na bola um chute violento, mas o que se viu, para espanto de todos, foi um salto rápido do goleiro, parecendo ter sido dado por alguém feito de borracha. O goleiro todo esticado tocou na bola com a ponta dos dedos, mandando-a para fora. Com a defesa mais difícil de sua vida, Leleta garantiu o empate e o título de campeão para o Expressinho de Burburinho do Paraíso.

25

Logo após defender o pênalti, os torcedores entusiasmados passaram a gritar o nome do goleiro.

LE-LE-TA! LE-LE-TA! LE-LE-TA! E ele, rosto molhado, agradecia, acenando para a torcida, que agitava as bandeiras desfraldadas e gritava num só coro de dezenas de vozes: "É campeão! O Expressinho é campeão! É campeão...".

26

Terminada a partida, o goleiro ficou comovido ao ouvir a charanga tocando o hino do clube. Sentiu naquele momento emoção igual àquela que teve antes de começar a partida, quando os torcedores ficaram de pé no pequeno estádio lotado, durante o minuto de silêncio dedicado ao velho Neco.

27

Os torcedores custaram a sair do estádio depois que o juiz encerrou a partida. Continuaram a gritar o nome do goleiro, que tinha as mãos doloridas de tanto fazer defesas arrojadas e repor a bola em jogo.

28

Tudo era só festa na arquibancada e na geral. A torcida do Expressinho de Burburinho do Paraíso vibrava e cantava. Torcedores abraçavam-se. No gramado, um menino, que tinha Leleta como o seu maior ídolo e depois viria a escrever esta história, viu quando o goleiro pegou a bola com as mãos sujas e aninhou-a no peito, como se estivesse tentando abafar uma dor que vinha pulsando dentro dele. O menino ouviu-o pedir a alguns torcedores que saíssem da frente. Queria ver melhor a torcida, que agitava as bandeiras, comemorando animada o campeonato que o Expressinho de Burburinho do Paraíso acabava de conquistar, depois de trinta anos de fundado. E de maneira invicta.

O menino viu ainda os olhos do goleiro percorrerem devagar por entre a torcida com as bandeiras desfraldadas. Era como se quisesse achar naquele instante o velho Neco no meio da euforia e do barulho causado pela conquista do título.

29

Geralmente, o goleiro atirava a bola ou sua camisa para o velho Neco no meio dos torcedores, onde sempre gostava de ficar, quando o Expressinho de Burburinho do Paraíso ganhava uma partida importante.

30

Então, o goleiro Leleta chorou muito, só, debaixo do gol.

Cyro de Mattos e Rachel de Queiroz, premiados pela Associação Paulista de Críticos de Artes, em 1992.

Minha paixão por futebol vem desde menino, jogando peladas nos campinhos dos terrenos baldios da cidade natal. Havia o "Campinho do Fole" no outro lado do rio. Ali eram jogadas, aos domingos, as partidas mais importantes. O time de garotos da rua de cima contra o da rua de baixo. No vaivém do jogo não faltavam empurrões, bate-bocas, xingamentos e algumas brigas intensas. Terminado o jogo, o banho na correnteza de águas límpidas serenava os ânimos. Uma amizade feita de relações naturais logo se refazia com mergulhos e saltos a partir do barranco íngreme.

O pai levava o menino para ver a seleção amadora da cidade dele jogar no Campo da Desportiva. No início cercado com folhas de zinco, depois murado, o Campo da Desportiva era uma festa aos domingos. Lá, naquele campo de grama maltratada, o menino viu o drible de Puruca como o maior de sua vida. O gol de Juca. A defesa de Asclepíades. A matada de Santinho. A catimba de Tombinha. O nó de Carrapeta. A investida fulminante de Fernando Riela na defesa adversária. O engraçado torcedor Rodrigo Bocão, cujos berros para incentivar os jogadores do seu time faziam a arquibancada tremer. E o craque de bola Leo Briglia, sem igual. Jogou no Fluminense e foi campeão carioca também do torneio Rio-São Paulo. Chegou a ser convocado para a Seleção Brasileira. Sagrou-se campeão da taça Brasil naquele time espetacular do Bahia.

Ah, os roletes do Campo da Desportiva foram o melhor doce da minha vida.

COLEÇÃO JABUTI Vida

Editora Saraiva

O Goleiro Leleta e outras fascinantes histórias de futebol

CYRO DE MATTOS

Apreciando a Leitura

■ Bate-papo inicial

Pouco a pouco o pessoal da rua vem chegando ao campinho. Camisas e bandeiras colorem a arquibancada lotada. Hoje é dia de clássico! Mas não se trata de um clássico qualquer, não. É o jogo do time da minha rua contra o time da sua! É partida para entrar na história. Mais uma na história do futebol, aquele jogo bem brasileiro, a paixão nacional. Paixão que transpira, inspira e faz a alegria da galera. É pimba na chulipa e ripa na gorduchinha!

■ Analisando o texto

1. Por ser pequeno, o narrador da história "O Bahia contra o Brasil" nunca era chamado para integrar o time do Bahia. Por que, de repente, ele foi chamado para entrar no time?

R.: ____

____

____

____

____

____

____

____

2. Apesar de todo o favoritismo da grande equipe do Botafogo, a Seleção de Itabuna perdeu o jogo amistoso apenas por dois a um. Que fato ocorreu para que a grande diferença de qualidade entre as equipes fosse diminuída?

R.: ____

____

____

____

3. Leleta foi o grande herói do time, pois defendeu um pênalti e ajudou a equipe a sagrar-se campeã. Por que motivo o goleiro Leleta estava tão emocionado ao vencer o Campeonato de Rio do Braço Claro?

R.: ____

____

____

____

Linguagem

4. Ficar na banheira, ou seja, ficar o tempo todo perto do gol adversário, é um jargão, uma expressão típica dos jogos de futebol. A his-

9. O olhar do atacante Nelore para o goleiro Galalau na hora do pênalti dizia tudo: "futebol é pra homem". Você concorda com Nelore? Por quê?

R.: ____

____

____

____

____

____

____

____

____

____

10. O futebol é uma fonte incrível de ídolos: Galalau, Leleta, Pelé, Garrincha, Zico, Ronaldo, Kaká e muitos mais. Na música, na TV, no cinema também existem muitos ídolos que deixam enlouquecidos os fãs. Você tem alguma pessoa como ídolo? O que ela tem de tão especial?

R.: ____

____

____

____

____

____

____

____

11. A população de Itabuna viveu momentos de glória com a visita do timaço recheado de craques do Botafogo. Jogadores como Nilton Santos, Zagalo e Garrincha, que encantavam o mundo todo, estavam na cidade para enfrentar a seleção local. Era uma situação tão inusitada que foi difícil acreditar. As pessoas se perguntavam se aquilo era mesmo real. Você já se viu frente a uma situação difícil de acreditar? Qual? Por que ela era tão incrível?

R.: ______________________________

____

____

____

____

____

Pesquisando

12. Você já deve ter ouvido falar de Pelé pelo menos um pouquinho. No livro, há algumas citações a respeito dele. Edson Arantes do Nascimento, o Pelé, foi o maior jogador de futebol que o mundo viu jogar. Foi considerado ainda o Atleta do Século XX. Seu futebol encantava multidões em todo e qualquer lugar. Até mesmo tréguas em guerras foram feitas na ocasião da visita do time do Santos, equipe em que jogava Pelé. Um belo filme conta toda a trajetória desse supercraque de bola: *Pelé eterno* (direção de Aníbal Massaini Neto, Columbia Vídeo, 2004, 120 min.). Aproveite essa dica para conhecer mais sobre esse ídolo mundial e marque um gol de placa!

13. Vigário, o goleiro do Bahia, vivia passando mal durante os jogos de seu time. Tinha tonturas, desmaiava, vomitava. Tudo porque tinha lombrigas. As lombrigas são vermes que parasitam o homem, vivendo em seu intestino, e que provocam a doença conhecida como ascaridíase. Procure em livros, enciclopédias, revistas e na Internet informações sobre esse assunto. Traga para a sala de aula o material que você encontrou e, em grupo, elabore um cartaz que informe e alerte sobre a ascaridíase. Depois de pronto, coloque o cartaz nos corredores da escola. Contribua para a prevenção dessa doença tão comum e tão fácil de ser evitada.

■ Redigindo

14. A vitória do Bahia contra o Brasil foi realmente memorável. Faltando pouco para o fim do jogo, quando tudo parecia perdido, surgiu um herói vindo do banco de reservas que virou o placar em favor do Bahia. Você se recorda de algum caso em que tudo parecia perdido, quando, de repente, as coisas tomaram outro rumo? Ou, então, uma situação em que tudo parecia correr bem e, por algum motivo, a sorte mudou? Escreva um pequeno texto autobiográfico contando essa história.

Ampliando

15. Cyro de Mattos caracteriza muito bem suas personagens: faz descrições físicas e da personalidade muito bem detalhadas. Escolha uma das personagens do livro e, seguindo as descrições contidas no texto, faça um desenho caprichado de como você a imaginou. Mostre seu trabalho para a turma, juntos montem um varal de desenhos e divirtam-se.

16. Muitos times perfilaram pelos campinhos deste livro: Expressinho de Burburinho, Estrelinha da Várzea e Esporte Clube Bahia são apenas alguns exemplos. A primeira etapa desta atividade consiste em encontrar todos os times que estão presentes nos textos. Depois, escolha um deles para quem bolar um uniforme (com desenhos, colagem, recortes ou até mesmo com panos, por que não?). Algumas informações sobre os uniformes você poderá encontrar nos próprios textos, mas sua criatividade será o principal ingrediente da atividade. Apresente para a turma a sua criação. Vocês podem ainda montar um grande cartaz com todos os uniformes criados pela classe.

■ Trabalho interdisciplinar

17. Na história "O dia em que vi Garrincha jogar", muito se fala da primeira conquista brasileira em uma Copa do Mundo. Foi em 1958, na Suécia, quando batemos os anfitriões na grande final. O Brasil já ganhou outras Copas e é o time que mais vezes levantou o caneco: as competições de 1962, 1970, 1994 e 2002 foram vencidas pela seleção brasileira. Cada uma dessas copas foi realizada em um país diferente. Com a ajuda de seus professores de Geografia e História, façam um trabalho de pesquisa sobre essas conquistas. Dividam-se em grupos e escolham um desses campeonatos. Elaborem painéis e cartazes que tragam histórias sobre esses triunfos: qual era a seleção, seus principais jogadores, o país sede, como estava o Brasil na época, algumas curiosidades das competições, os jogos etc. Para enriquecer o trabalho, busquem fotos, notícias e mapas.

Para qualquer comunicação sobre a obra, entre em contato:

SARAIVA Educação S.A.
Avenida das Nações Unidas, 7221 – Pinheiros
CEP 05425-902 – São Paulo – SP – Tel.: (0xx11) 4003-3061
www.editorasaraiva.com.br
atendimento@aticascipione.com.br

Escola: ______________________________

Nome: ______________________________

____

Ano: ______________ Número: ______________

Um pouco desse tempo conto agora nessas histórias de futebol. Conto porque sei e gosto, desejando que tomem corpo diante de seus olhos, trazendo do mundo que se foi momentos feitos de emoção, sonho e drama. Se assim acontecer, não tenho dúvida de que consegui marcar o gol mais lindo da minha vida.

Cyro de Mattos

Fale com o autor:

Travessa Rosenaide, 40/101
Zildolândia – Itabuna – BA
CEP 45600-395
e-mail: cyropm@bol.com.br

Sobre o ilustrador:

Ilustrador, designer gráfico e artista plástico, Alberto de Stefano está há dez anos no cenário de livros didáticos, sendo esta sua primeira experiência com literatura e sua estreia na Coleção Jabuti. Ele também atua na área de publicidade e quadrinhos com trabalhos publicados dentro e fora do Brasil.

É casado, tem dois filhos e mora em São Paulo.

COLEÇÃO JABUTI

Adeus, escola ▼◆📚☒
Amazônia
Anjos do mar
Aprendendo a viver ◆⌘■
Aqui dentro há um longe imenso
Artista na ponte num dia de chuva e neblina, O ✱★⌖
Aventura na França
Awankana ✎☆⌖
Baleias não dizem adeus ✱🕮⌖○
Bilhetinhos ✪
Blog da Marina, O ⌖✎
Boa de garfo e outros contos ◆✎⌘⌖
Bonequeiro de sucata, O
Borboletas na chuva
Botão grená, O ▼✎
Braçoabraço ▼⚐
Caderno de segredos ❑◎✎🕮⌖○
Carrego no peito
Carta do pirata francês, A ✎
Casa de Hans Kunst, A
Cavaleiro das palavras, O ★
Cérbero, o navio do inferno 🕮☑⌖
Charadas para qualquer Sherlock
Chico, Edu e o nono ano
Clube dos Leitores de Histórias Tristes ✎
Com o coração do outro lado do mundo ■
Conquista da vida, A
Da matéria dos sonhos 🕮☑⌖
De Paris, com amor ❑◎★🕮⌘☒⌖
De sonhar também se vive...
Debaixo da ingazeira da praça
Desafio nas missões
Desafios do rebelde, Os
Desprezados F. C.
Deusa da minha rua, A 🕮⌖○
Devezenquandário de Leila Rosa Canguçu ✈
Dúvidas, segredos e descobertas
É tudo mentira
Enigma dos chimpanzés, O
Enquanto meu amor não vem ●✎⌖
Escandaloso teatro das virtudes, O ✈☺
Espelho maldito ▼✎⌘
Estava nascendo o dia em que conheceriam o mar
Estranho doutor Pimenta, O
Face oculta, A
Fantasmas ⌖
Fantasmas da rua do Canto, Os ✎
Firme como boia ▼⌖○
Florestania ✎
Furo de reportagem ❑✪◎🕮⚐⌖
Futuro feito à mão
Goleiro Leleta, O ▲
Guerra das sabidas contra os atletas vagais, A ✎
Hipergame 👓🕮⌖
História de Lalo, A ⌘
Histórias do mundo que se foi ▲✎✪
Homem que não teimava, O ◎❑✪⚐○
Ilhados
Ingênuo? Nem tanto...
Jeitão da turma, O ✎○
Lelé da Cuca, detetive especial ☑✪
Leo na corda bamba
Lia e o sétimo ano ✎■
Luana Carranca
Machado e Juca †▼●☞☑⌖
Mágica para cegos
Mariana e o lobo Mall 🕮⌖
Márika e o oitavo ano ■
Marília, mar e ilha 📚✍✎
Matéria de delicadeza ✎☞⌖
Melhores dias virão
Memórias mal-assombradas de um fantasma canhoto
Menino e o mar, O ✎
Miguel e o sexto ano ✎
Miopia e outros contos insólitos
Mistério mora ao lado, O ▼✪
Mochila, A
Motorista que contava assustadoras histórias de amor, O ▼● 📚⌖
Na mesma sintonia ⌖■
Na trilha do mamute ■✎☞⌖
Não se esqueçam da rosa ♠⌖
Nos passos da dança
Oh, Coração!
Passado nas mãos de Sandra, O ▼◎⌖○
Perseguição
Porta a porta ■📚❑◎✎⌘⌖
Porta do meu coração, A ◆⚐
Primeiro amor
Quero ser belo ☑
Redes solidárias ◎▲❑✎⚐⌖
Reportagem mortal
romeu@julieta.com.br ❑📚⌘⌖
Rua 46 †❑◎⌘⌖
Sabor de vitória 📚⌖ ○
Sambas dos corações partidos, Os
Savanas
Segredo de Estado ■☛
Sete casos do detetive Xulé ■
Só entre nós – Abelardo e Heloísa 📚■
Só não venha de calça branca
Sofia e outros contos ☺
Sol é testemunha, O
Sorveteria, A
Surpresas da vida
Táli ☺
Tanto faz
Tenemit, a flor de lótus
Tigre na caverna, O
Triângulo de fogo
Última flor de abril, A
Um anarquista no sótão
Um dia de matar! ●
Um e-mail em vermelho
Um sopro de esperança
Um trem para outro (?) mundo ✖
Uma trama perfeita
U'Yara, rainha amazona
Vampíria
Vida no escuro, A
Viva a poesia viva ●❑◎✎🕮⌖○
Viver melhor ❑◎⌖
Vô, cadê você?
Zero a zero

★ Prêmio Altamente Recomendável da FNLIJ
☆ Prêmio Jabuti
✱ Prêmio "João-de-Barro" (MG)
▲ Prêmio Adolfo Aizen - UBE
✍ Premiado na Bienal Nestlé de Literatura Brasileira
☛ Premiado na França e na Espanha
☺ Finalista do Prêmio Jabuti
☝ Recomendado pela FNLIJ
✖ Fundo Municipal de Educação - Petrópolis/RJ
✪ Fundação Luís Eduardo Magalhães
● CONAE-SP
⌖ Salão Capixaba-ES
▼ Secretaria Municipal de Educação (RJ)
■ Departamento de Bibliotecas Infantojuvenis da Secretaria Municipal da Cultura/SP
◆ Programa Uma Biblioteca em cada Município
❑ Programa Cantinho de Leitura (GO)
♠ Secretaria de Educação de MG/EJA - Ensino Fundamental
☞ Acervo Básico da FNLIJ
✈ Selecionado pela FNLIJ para a Feira de Bolonha
✎ Programa Nacional do Livro Didátic
🕮 Programa Bibliotecas Escolares (MG
👓 Programa Nacional de Salas de Leitu
📚 Programa Cantinho de Leitura (MG)
◎ Programa de Bibliotecas das Escolas Estaduais (GO)
† Programa Biblioteca do Ensino Médio (
⌘ Secretaria Municipal de Educação/SP
☒ Programa "Fome de Saber", da Faap (
⚐ Secretaria de Educação e Cultura da Ba
○ Secretaria de Educação e Cultura de Vit